AF177753

WER WEIẞ, WER WEIẞ WO MEINE SOCKEN SIND...?

VORHANG AUF
JETZT KOMME ICH.
DIE MUSIK SPIELT
NUR FÜR MICH
DAS SPIEL BEGINNT
NEU
UND ICH FREU
MICH AUF DICH.

DU WARST DER SCHATTEN.
ICH WAR DAS LICHT.
WAS WIR HATTEN
SAHEN WIR NICHT.
GEFÜHLE VOR ORT.
GEFÜHLE FORT.
SUBJEKTIV
OBJEKTIV
NEGATIV
POSITIV
NAIV
TIEF
WAS LIEF
SCHIEF?

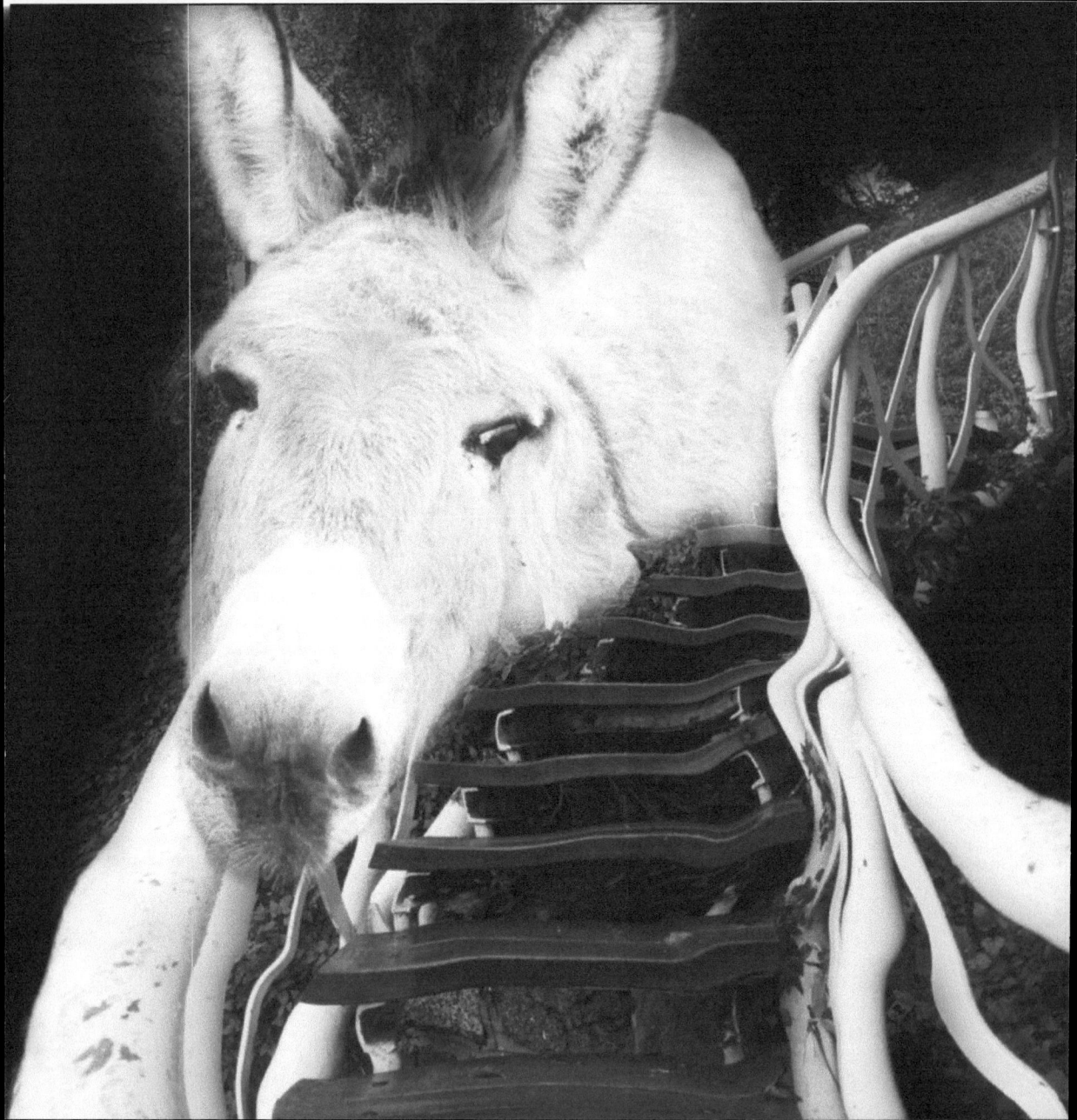

DER DOKTOR
SPRACH,
ICH WÄRE KRANK,
ICH FÜHL MICH
SCHWACH.
SITZ AUF DER BANK
UND LACH.
OBWOHL ICH
TRAURIG BIN.
WO FÜHRT DAS HIN?

ES GEHT MIR GUT

UND EINE FLUT

VON GLÜCK UND FREUDE

DURCHSTRÖMT MICH HEUTE.

DAS GESTERN VORÜBER,

JETZT BIN ICH KLÜGER.

DIE NACHT IST VORBEI,

UND EINE STIMME SINGT : SEI !

WIEDER EINE NACHT
MIT MIR VERBRACHT.
DURCHGEMACHT .
GANZ SACHT.
BEDACHT
GEWACHT
UND NACHGEDACHT.
ÜBER DEN VERDACHT
GELACHT.
DIE FRACHT
BEWACHT.
BIS FRÜH UM 8.
WAS HATS GEBRACHT?

NACHT

3 GEISTER SAßEN AUF EINER
BANK.

DER EINE WAR TRAURIG, DER
ANDERE KRANK.

DA NAHM DER DRITTE SIE IN
DEN ARM.

DA WURDE ES DEN GEISTERN
WARM.

DAS WAR GENUG.

WEITER GING DER SPUK.

DER ERSTE IST STRAHLEND
UND BUNT,
DER ZWEITE HAT GRAUES
GEFIEDER.
DIESER IST TRAURIG UND
STUMM,
DER ANDRE SINGT LIEBLICHE
LIEDER.
DER EINE FLIEGT DEM HIMMEL
ZU,
DER ANDRE WILL NUR SEINE
RUH.
EINER KANN OHNE DEN
ANDERN NICHT SEIN.
SIE GEHÖREN ZUSAMMEN, SIND
NIE ALLEIN.
SIE TANZEN INNIG IHREN
TANZ.
NUR MIT BEIDEN BIN ICH
GANZ.

SEELENVÖGEL

WENN ICH EIN
VOGEL WÄR
UND AUCH ZWEI
FLÜGEL HÄTT,
FLÖGE ICH RAUS
UND KACKTE AUFS
HAUS.

DIE JAHRE VERGEHN
UND ICH
ÜBERLEGTE
UND WILL
VERSTEHN
WAS IST DER SINN
WARUM ICH LEBTE
UND WO GEH ICH
HIN?

ES SPRACH DER
LEBENSBERATER
ZU MIR WIE EIN STRENGER
VATER :
SIE SCHÖPFEN IHR
POTENTIAL NICHT AUS!
SIE SITZEN IMMER NUR ZU
HAUS!
STATT SICH IHRER KRAFT
ZU BESINNEN,
SO WIRD DAS NICHTS MIT
IHNEN!

FORTSETZUNG FOLGT ....
VIELLEICHT ....

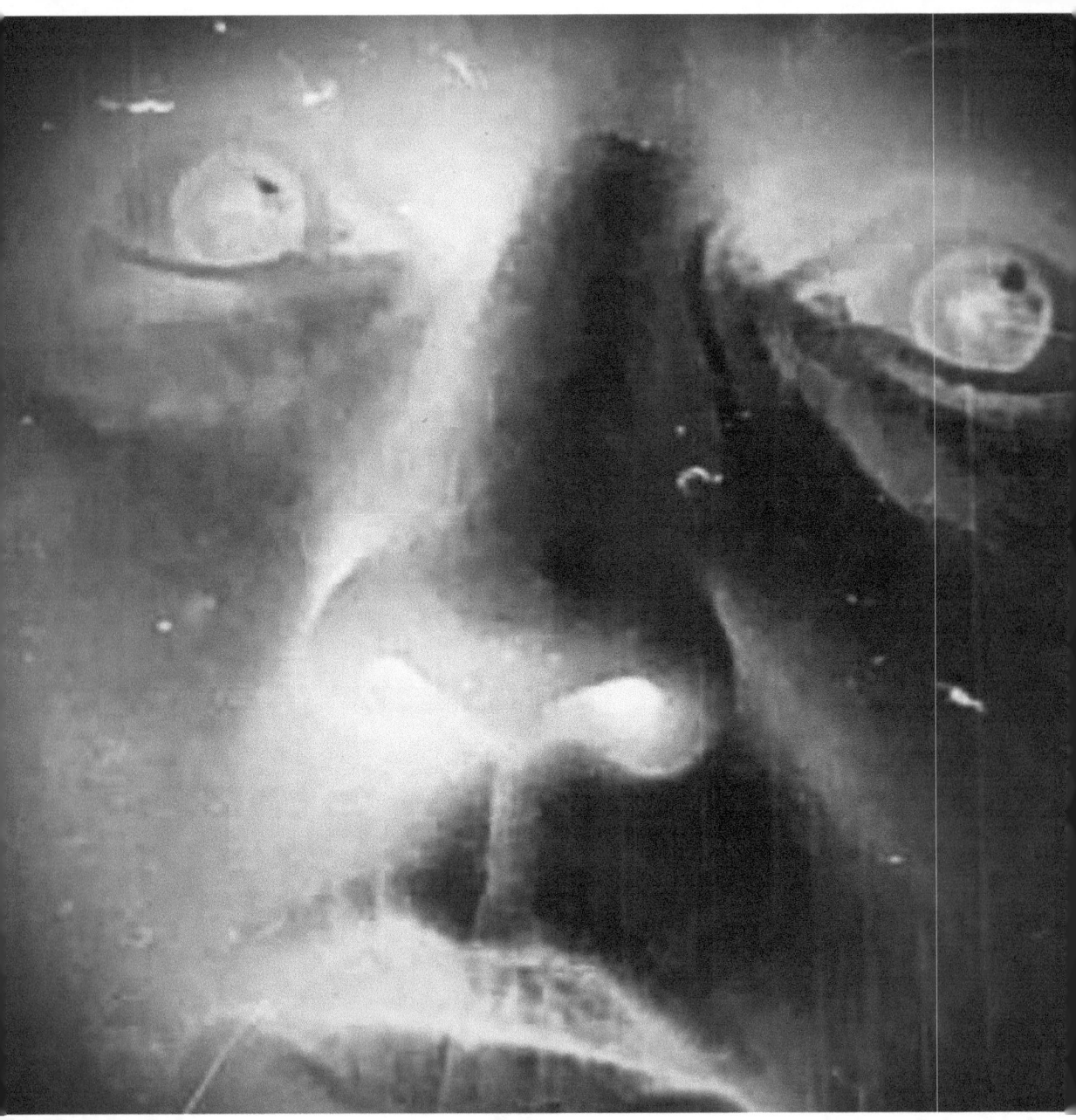

EWIG DIE ZEIT.

GEDANKEN FORT.

KOPF SO LEER.

WATTESTIRN.

NEBELHIRN.

AUGEN SCHWER.

TRAURIGER ORT.

MÜDIGKEIT.

NEBELHIRN

DAS SCHÖNE WETTER KOTZT MICH AN,
MEINE AUSREDEN SIND DAHIN.
WEIL KEINER JETZT VERSTEHEN KANN,
DAß ICH DRIN GEBLIEBEN BIN.

JETZT GEHT JEDER RAUS.
DIE BLUMEN BLÜHN.
UND ICH LIEG AUF DER COUCH.
BLEIBE LIEBER DRIN.

DIE SONNE GLOTZT MICH AN VOLL HOHN.
WEIL ICH NICHT DA DRAUßEN SPAZIERE.
UND SCHLECHTE LAUNE IST DER LOHN.
DIE ACHTUNG AN MIR ICH VERLIERE.

ICH WILL JETZT GERN STURM UND REGEN,
FÜR EIN RUHIGES GEWISSEN.
DANN MÜßT ICH MICH NICHT BEWEGEN.
DER FRÜHLING SOLL SICH VERPISSEN!

Stelldichein im Birkenwald,

früh am Morgen, es ist kalt,

treffen sich zwei Antipoden,

um die Lage auszuloten.

auf Gerümpel blühn Alraunen,

beide fangen an zu staunen,

nebelfeucht der Tag beginnt,

letzter Stern am Himmel glimmt,

und sie trennen sich verstört,

jeder, wo er hingehört,

gehen sie zurück die zwei

und dann war mein Traum vorbei.

STELLDICHEIN IM BIRKENWALD,

FRÜH AM MORGEN, ES IST KALT,

TREFFEN SICH ZWEI ANTIPODEN,

UM DIE LAGE AUSZULOTEN.

AUF GERÜMPEL BLÜHN ALRAUNEN,

BEIDE FANGEN AN ZU STAUNEN,

NEBELFEUCHT DER TAG BEGINNT,

LETZTER STERN AM HIMMEL

GLIMMT,

UND SIE TRENNEN SICH VERSTÖRT,

JEDER, WO ER HINGEHÖRT,

GEHEN SIE ZURÜCK DIE ZWEI

UND DANN WAR MEIN TRAUM

VORBEI.

NEBELFEUCHT

KLAVIER

FEINER HERR UND ZART

FEINSLIEBCHEN

BEKAMEN IM OBERSTÜNBCHEN

ANIMALISCHE GEDANKEN,

WÄHREND SIE SICH BETRANKEN.

NACH DEM ZEHNTEN LIKÖRCHEN

FLÜSTERTE ER IN IHR ÖHRCHEN:

VERTRAUE MIR....

UND HOB SIE AUFS KLAVIER

UND WÄHREND DER MORGEN

GRAUT

WURDE SIE SEINE BRAUT.

BUNTE TULPEN VIELE.
BEKAMEN LANGE STIELE.
WAREN NICHT MEHR FRISCH.
HINGEN AUF DEN TISCH.
IHRE BLÜTENPRACHT
KAPUTT NACH EINER NACHT!
VERWELKTER TULPENSTRAUß
SIEHT SCHEIßE AUS.
UND TULPENLEICHEN
SIND EIN SCHLECHTES ZEICHEN.

UND WOLLT IHR WAS WISSEN?
ICH HAB SIE WEGGESCHMISSEN.
LIEGEN NUN IM MÜLL.
GANZ STILL.

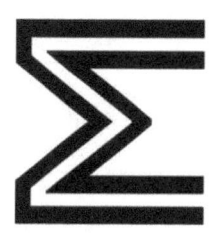

FRÜHLINGSMÜDE

DER WINTER IST
VERGANGEN,
VORBEI DIE DUNKELHEIT.
DOCH ICH HAB KEIN
VERLANGEN,
NACH DER HELLEN ZEIT.

FRÜHLING HAT
BEGONNEN
UND MEINE KRÄFTE
SCHWINDEN
FREUDE IST ZERRONNEN
WERD ICH SIE WIEDER
FINDEN?

DIE JAHRE VERGEHN.
DAS LEBENSLICHT BRENNT NIEDER.
DOCH UNSERE LIEDER BLEIBEN BESTEHN.

DAS HIRN IN WATTE
GEPACKT UND ICH HATTE
KEINE IDEEN
ZU SEHEN
EIN ENDE.
STECKTE DIE HÄNDE
INS LEERE HINEIN
UND WAR SEHR ALLEIN.

WATTE

DAS HIRN IN WATTE

GEPACKT UND ICH HATTE

KEINE IDEEN

ZU SEHEN

EIN ENDE.

STECKTE DIE HÄNDE

INS LEERE HINEIN

UND WAR SEHR ALLEIN.

KROKUS

HAB EINEN KROKUS
ENTDECKT.
GELB LEUCHTETE ER.
UNTER DEM LAUB
VERSTECKT
UND DA WAREN
NOCH MEHR.
MINDESTENS ZEHN.
BLÜHTEN DA.
DAS WAR SCHÖN.
ACH JA.

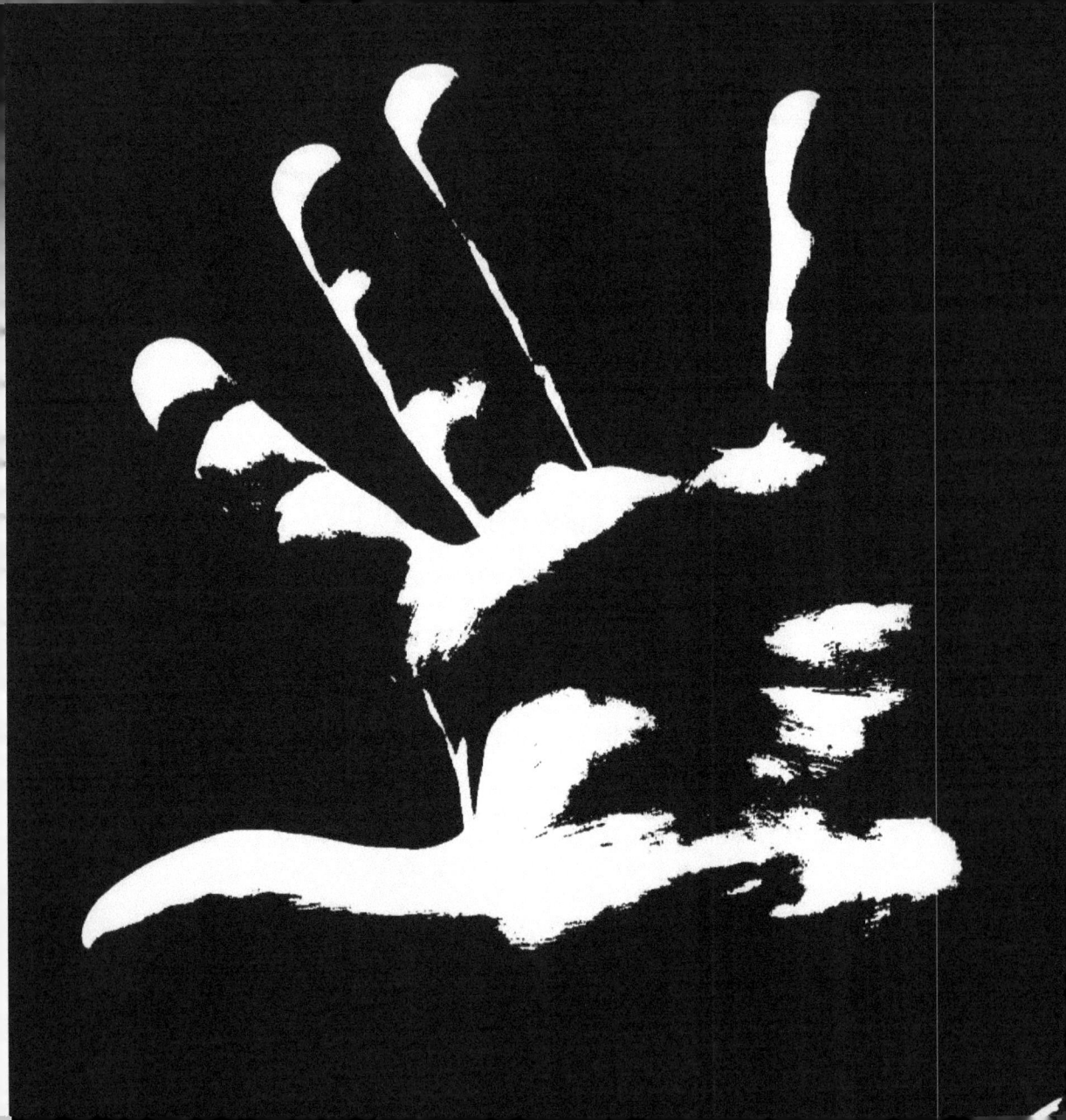

UNFUG, UNSINN,
FIRLEFANZ.
WILDER TANZ
IM LICHTERGLANZ.
DIE VERRÜCKTEN
TOBEN.
UNTERSTES NACH
OBEN.
WAHNSINN.
BLÖDSINN.
LEICHTSINN.
UND ICH BIN
MITTENDRIN.
IRRSINN
EIN GEWINN?

MITTENDRIN

SCHLOTZIG

IM FERNSEHN KOCHT EIN FERNSEHKOCH.

ER ZIEHT DIE MAYONNAISE HOCH.

ER SPRICHT VON GUTER SCHLOTZIGKEIT.

UND SCHLIEßLICH IST DAS ZEUG SOWEIT.

ER SCHLOTZT ES DRAUF, AUF DEN SALAT,

DAS ENDE SEINER SENDUNG NAHT.

UND DIE TESTESSER DIE LOBEN,

DIE SCHLOTZIGKEIT VON SIEHE OBEN.

SIE SCHLOTZEN IHRE SCHÜSSELN LEER.

DAS FREUT DEN KOCH GLEICH UMSO MEHR.

NUN IST VERSPEIST DIESES GERICHT.

DAS IST DAS ENDE VOM GEDICHT.

Wärme umgibt

mich,

denn jemand liebt

mich.

WÄRME UMGIBT MICH,

DENN JEMAND LIEBT MICH.

MANCHMAL DENK ICH, ICH VERBLÖDE,

DENN DAS HIRN IST LEER UND ÖDE

FÜHL MICH, WIE IN EINEM ZWINGER

UND ICH SCHREIB MIT KALTEM FINGER

ALLES AUF, WAS ICH NOCH WEISS.

UND MEIN GEIST DREHT SICH IM KREIS.

WIRD DIE WELT MIR GAR ENTSCHWINDEN

UND ICH KANN SIE NICHT MEHR FINDEN?

Der Geist auf den Stufen
hat mich gerufen.
Ich ging hinauf,
er löste sich auf
und war verschwunden.
Hab ich ihn erfunden ???

GEIST!

DER GEIST AUF DEN STUFEN

HAT MICH GERUFEN.

ICH GING HINAUF,

ER LÖSTE SICH AUF

UND WAR VERSCHWUNDEN.

HAB ICH IHN ERFUNDEN ???

ALT BIN ICH

DOCH INNERLICH

WOHNT EIN KIND

DAS MANCHMAL

SPINNT.

traurig

und weiß nicht mehr,

schwach

Wo Gedanken so

schaurig

gekommen sind

her....

Auch

Ängst

chische

Denk an was

Schönes,

ich mir befehle

doch grade Jenes,

verweigert die

ufig be

ympt

ICH BIN HEUTE TRAURIG

UND WEIß NICHT MEHR,

WO GEDANKEN SO SCHAURIG

GEKOMMEN SIND HER....

DENK AN WAS SCHÖNES,

ICH MIR BEFEHLE,

DOCH GRADE JENES,

VERWEIGERT DIE SEELE....

VERWEIGERUNG

FREI SEIN OHNE ZWANG.

HÖR DEN SÜßEN KLANG.

EIN LIED NUR FÜR MICH.

MIR WIRD FEIERLICH

ZUMUT.

DAS TUT GUT.

Das Tier

auf der Stirn
kam aus dem Hirn.

Es wurde erdacht
um Mitternacht.

TIER!

DAS TIER AUF DER

STIRN

KAM AUS DEM HIRN.

ES WURDE ERDACHT

UM MITTERNACHT.

MALEN WILL ICH,
MIT BUNTEN FARBEN
DIE WELT.
BLUMEN UND MEER
UND NOCH VIEL
MEHR.
ALLES WAS MIR
GEFÄLLT.
VIELLEICHT MALE ICH
DICH...

HIRNSAUSEN

DAS HIRN DREHT SICH IM KREISE,

AUF EINE BEDROHLICHE WEISE.

UM DIE GEDANKENSPIRALE.

ICH FÜHLE, WIE ICH FALLE.

NICHTS HÄLT ES AN, WAS ICH AUCH TU.

ES SAUST UND DREHT SICH IMMERZU.

ICH RUFE STOPP, HALT ENDLICH EIN !!!!

GELÄCHTER DRINGT DURCH MARK UND BEIN.

IM MULTIVERSUM ALLER WELTEN,

GANZ ANDERE GESETZE GELTEN.

AM ENDE SCHEINT EIN BLAUES LICHT.

EIN ENTKOMMEN GIBTS ES NICHT.

ES BEGAB SICH IN
DER FINSTERNIS
IN DER STILLEN
KAMMER.
ICH STIESS AN EIN
HINDERNIS.
GROSS WAR DAS
GEJAMMER.

DIE VÖGEL STÜRZEN
SICH VOM DACH
UND BREITEN DIE
FLÜGEL AUS
UND SIE MACHEN VIEL
KRACH
UND KREISEN UMS
HAUS.
ICH ERFREU MICH AN
IHNEN
UND BLEIBE DRINNEN.

DIE VÖGEL.

ICH SCHREIB MIR HEUT NE LISTE

WAS ICH ERLEDIGEN MÜßTE.

DIE LISTE, DIE IST LANG.

UND MIR WIRD GANZ BANG,

WIE ICH DAS SCHAFFEN SOLL

DER GANZE TAG IST VOLL!

UM DEM DRUCK ZU ENTRINNEN,

SOLLTE ICH GLEICH BEGINNEN...

UND JETZT KOMMT DAS PROBLEM :

AUF DER COUCH IST ES SO SCHÖN.

IN MEINEM BETT BIN
ICH IN SICHERHEIT
KANN MICH
ZWISCHEN KISSEN
UND DECKEN
VERSTECKEN.
UND NICHTS
WISSEN.
BIN HEUT FÜR
DRAUßEN NICHT
BEREIT.

SICHER

DIESES ÜBER-ICH
BEOBACHTET MICH.
WAS ICH AUCH TU,
ES GUCKT ZU.
ES ÄUßERT SONDERBARE
KOMMENTARE:
TU DIES, DU DAS, TU JENES NICHT!
BESINNE DICH AUF DEINE PFLICHT!
SPAß UND UNSINN SIND
VERBOTEN!
SOWAS MACHEN NUR IDIOTEN!
ES VERDIRBT MIR JEDE FREUDE.
SCHIMPFT, DAß ICH DIE ZEIT
VERGEUDE!
DOCH DEN ERNST DES LEBENS,
SUCHE ICH VERGEBENS.
ICH WILL NICHT SEIN, WIE ES MICH
WILL!
BIN LIEBER SORGLOS ODER
SCHRILL.
DAS ÜBER-ICH IST MIR EGAL.
DAS KANN MICH MAL!

ÜBER = ICH

FRIST ???

WIE EINST IN LOSGELASSENHEIT

NEBELFEUCHTES STACHELKLEID

KAPRIZIÖS, TANZ IN DIE NACHT,

IN DER FERNE AUFGEWACHT

NICHTS ALS DÜSTERNIS UMGIBT MICH,

ALLWEIL SUCHE ICH DAS ICH,

MULTIVERSUM DER GEDANKEN,

INNEHALTEN, NICHT ERKRANKEN!

FINSTER DIE BEHAUSUNG IST,

ABGELAUFEN MEINE FRIST?

DREI GUTE TAGE,

SO MUß MAN DAS

SEHN,

SIND OHNE FRAGE,

SEHR SCHÖN.

DER NEBELPARDER SCHNÜRT
UMS ECK,
AUFGESCHEUCHT AUS DEM
VERSTECK.
ETWAS HAT RADAU GEMACHT
MITTEN IN DER NEBELNACHT.
AUS DER BEHAUSUNG
DÜSTERNIS,
DIE ER NIEMALS GERN VERLIEß,
ENTFLEUCHTE ER AUF LEISEN
SOHLEN,
DAS UNFASSBARE EINZUHOLEN,
DAß FÜR IMMER ES
VERSCHWINDET
UND ER WIEDER RUHE FINDET,
JAGD ER LOS UND BLIEB NICHT
STEHN
UND WARD NIMMERMEHR
GESEHN.

NIMMERMEHR

UNGEHÖRIGES BENEHMEN,
DAFÜR SOLLTE MAN SICH SCHÄMEN.
MAN SOLL KEINE SACHEN MACHEN,
ÜBER DIE DIE LEUTE LACHEN.
AUCH SOLLTE MAN VERMEIDEN,
SICH KAPRIZIÖS ZU KLEIDEN!
DENN HAT MAN SICH ERST BLAMIERT,
WIRD MAN NIEMALS NOMINIERT.
FÜR DEN TITEL "NORMALER MANN"
KOMMT MAN NICHT IN FRAGE DANN.
ANPASSUNG IST ANGESAGT,
DAMIT NIEMAND JEMALS FRAGT,
OB MAN HINTER SEINER STIRN,
HAT ETWA EIN GESTÖRTES HIRN.
"FREUNDE" MACHEN SICH SONST RAR,
UND MAN STEHT ALLEINE DA.

ICH STEH
AM SEE
UND SEH :
DAS REH
SPRINGT IM KLEE.
DANN SCHNEE!
OH WEH.
MEIN ZEH!
NE FEE
BRINGT TEE
MIT GELEE.
GUTE IDEE!
ICH VERSTEH
UND DREH
MICH UND GEH
DURCH DIE ALLEE.
PLAN B.
ADÉ.

WO KOMM ICH HER,

WO GEH ICH HIN?

DER SINN?

ICH BIN.

MANCH GEDANKEN
ZU TEILEN
UND SCHREIBEN IN
ZEILEN,
SEIN WIR DOCH
EHRLICH,
IST GEFÄHRLICH.

DER MOND DA OBEN
IST WEIT WEG
UND ICH LEG
MICH AUF DIE WIESE
UND GENIEßE
SEINEN SCHEIN.
ICH BIN GANZ KLEIN
UND FÜHL MICH
AUFGEHOBEN.

MÜDE BIN ICH, GEH ZUR RUH,
MACHE MEINE AUGEN ZU,
UND SCHON, GAR NICHT MEIN
WILLE,
KOMMT DIESE
GEDANKENFÜLLE,
ÜBERFLUTET MEIN HIRN,
HINTER DER STIRN,
WIRD ES HEIß
UND ICH WEIß,
AN SCHLAF IST NICHT ZU
DENKEN.
DEN VERSUCH KANN ICH MIR
SCHENKEN
UND DAS IST
MIST.

SCHLAF ???

AUF DEM BERGE WILL ICH STEHN.

ÜBER DEM DUNKLEN TAL.

WILL DIE SONNE WIEDER SEHN.

IHREN HELLEN STRAHL.

AUF DEM BERGE WILL ICH STEHN,

UND DIE WELT BEGRÜßEN.

ALLE SOLLN MICH OBEN SEHN,

AUCH DIE, DIE MICH VERLIEßEN.

AUF DEM BERGE WILL ICH STEHN,

UND WIEDER GLÜCKLICH SEIN.

WILLST DU MIT MIR GEHN?

ODER GEH ICH ALLEIN?

GERN ALLEIN LEBE

ICH.

AB UND ZU

KOMMST DU.

DAS REICHT FÜR

MICH.

HALLODRI

DER TUNICHTGUT

HAT UNFUG IM BLUT

UND HALLODRI IM

ARSCH.

DAS WARS.

EGAL, WELCHES KLEID ICH TRAGE,

ES BLEIBT DIE FRAGE,

WAS STECKT DRIN?

DENN ICH BIN,

DARUNTER NACKT.

DAS IST FAKT.

DAS TIER
IN MIR
IST VOLL GIER.

EIN VAMPIR.
HAT GESPÜR
DAFÜR.

AUF PAPIER
SCHREIB ICH DIR.
DOCH WOFÜR?

DAS KLAVIER
BEI DER TÜR
SPIELEN WIR.

ICH KAPIER:
ICH VERLIER.
JETZT UND HIER.

UND ERFRIER.

STILLE NACHT

STILLE NACHT, ICH MAG DICH SEHR.

KEIN GERÄUSCH STÖRT MICH MEHR.

DEINE RUHE FÄNGT MICH EIN

UND DIE WELT IST KLAR UND REIN.

ES VERSCHWIMMEN RAUM UND ZEIT.

MEINE SEELE JETZT BEFREIT

UND ICH WEIß, IM DUNKLEN RAUM:

DAS LEBEN IST JA NUR EIN TRAUM.

OHNE ZAHL.

ES BEGAB SICH IN EINEM SPEISESAAL

INMITTEN VON MENSCHEN OHNE ZAHL

DIE ALLE KAUTEN UND SCHLUCKTEN

UND AUF IHRE TELLER GUCKTEN

DAß MICH DAS GEFÜHL BESCHLICH

UND DAS WAR MIR UNHEIMLICH

DAß AUF DIESER WELT

MICH WENIG HÄLT.

UND ABGÖTTISCH

LIEBTE ICH DICH.

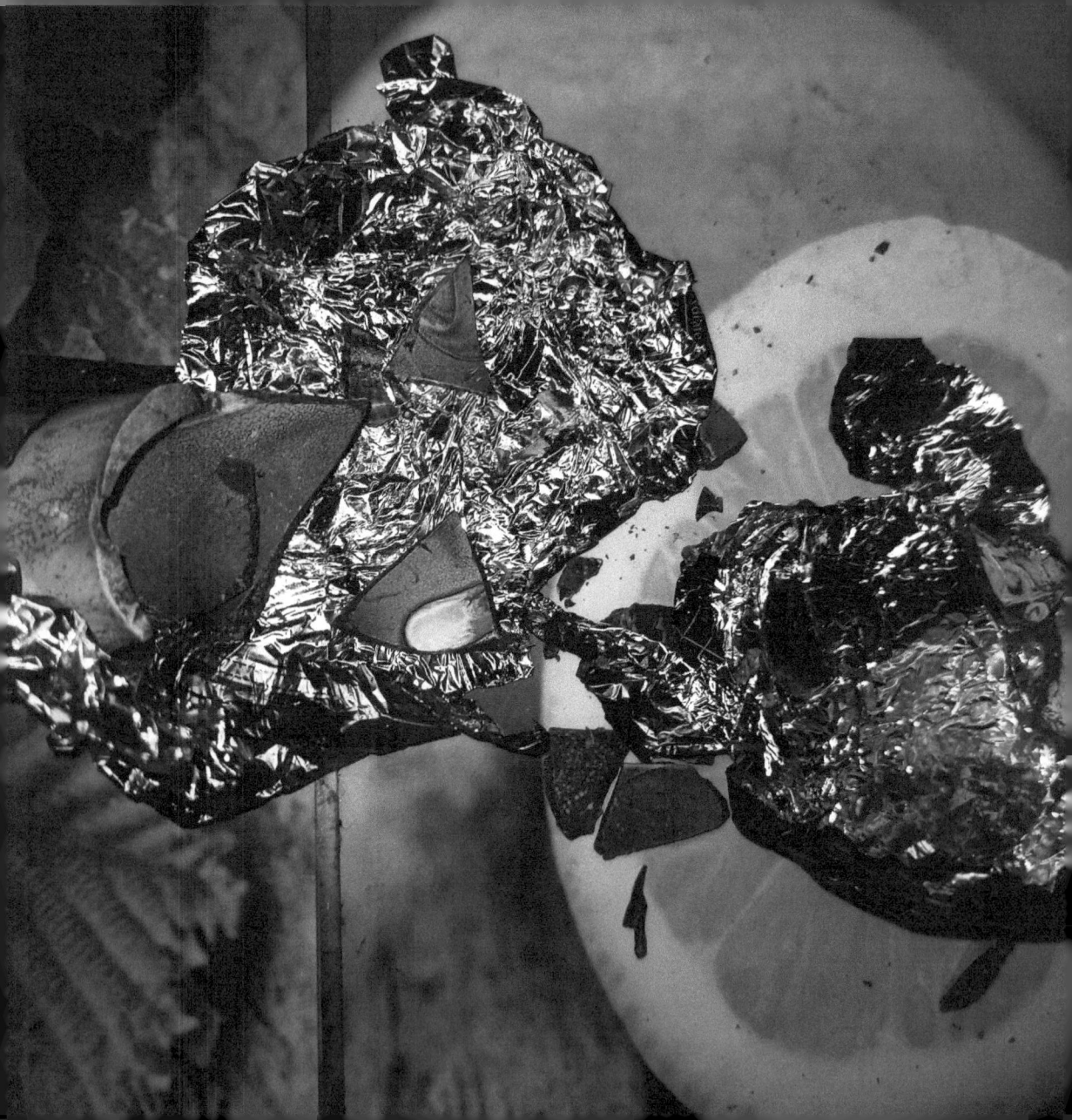

VIEL MEHR

DER UMSCHLAG LEER,
DER BRIEF NICHT
GESCHRIEBEN.
SIE WOLLTE VIEL MEHR.
ER SOLLTE SIE LIEBEN.
ER LIEBTE SIE SEHR.
SIE HAT IHN
VERTRIEBEN.

LÖFFEL AUS GOLD,

BLEIBT OFT

UNGEWOLLT,

IM HALSE STECKEN,

DANN MUß MAN

VERRECKEN!

ES GESCHAH HEUTE
ZU MEINER FREUDE,
DAß ALLES GUT LIEF,
NICHTS GING MIR
SCHIEF,
WIE BEI NORMALEN
LEUTEN.
WAS HAT DAS ZU
BEDEUTEN?

FSC
www.fsc.org
MIX
Papier | Fördert
gute Waldnutzung
FSC® C083411

Zeitfracht Medien GmbH
Ferdinand-Jühlke-Straße 7
99095 Erfurt, Deutschland
produktsicherheit@kolibri360.de